島嶼之歌

陳竹奇——著
李瑞騰——主編

總序

二〇二四，不忘初心

李瑞騰

一些寫詩的人集結成為一個團體，是為「詩社」。「一些」是多少？沒有一個地方有規範；寫詩的人簡稱「詩人」，沒有證照，當然更不是一種職業；集結是一個什麼樣的概念？通常是有人起心動念，時機成熟就發起了，找一些朋友來參加，他們之間或有情誼，也可能理念相近，可以互相切磋詩藝，有時聚會聊天，東家長西家短的；然後他們可能會想辦一份詩刊，作為公共平台，發表詩或者關於詩的意見，也開放給非社員投稿；看不順眼，或聽不下去，就可能論爭，有單挑，有打群架，總之熱鬧滾滾。

作為一個團體，詩社可能會有組織章程、同仁公約等，但也可能什麼都沒有，很多事說說也就決定了。因此就有人說，這是剛性的，那是柔性的；依我看，詩人的團體，都是柔性的，程度當然是會有所差別的。

「台灣詩學季刊雜誌社」看起來是「雜誌社」，但其實是「詩社」，七、八個人聚在一起，辦了一個詩刊《台灣詩學季刊》（出了四十期），後來多發展出《吹鼓吹詩論壇》，先有網路版，再出紙本刊；於是就把原來的那個季刊，轉型成學術性期刊，稱《台灣詩學學刊》。我曾說，這一社兩刊的形態，在台灣是沒有過的。這幾年，又致力於圖書出版，包括同仁詩集、選集、截句系列、詩論叢等，迄今已由秀威資訊科技出版超過百本了。

根據白靈提供的資料，二〇二四年的出版品有六本，包括斜槓詩系二本、同仁詩叢四本，略述如下：

「斜槓詩系」是一個新構想，係指以詩為主的跨媒介表現，包括朗讀、吟唱、表演、攝影、繪圖等，包括：（一）《雙舞：AI・詩圖共創詩選》（郭至卿及愛羅主編）、（二）《李飛鵬攝影詩集》。李飛鵬是本社新同仁，他是國內著名的耳鼻喉科醫師，曾任北醫院長、北醫大學副校長，在北醫讀大學時就開始寫詩，也熱愛攝影，詩圖共創是其特色。至於《雙舞》，則是本社「線上詩香」舉辦的「AI．詩圖共創」競賽之獲選作品，再加上同仁及詩友發表於「線上詩香」的AI．詩圖共創作品，結集而成。「線上詩香」是本社經營的網路社團，是一個以詩為主的平台，由同仁郭至卿主持，原以YouTube、Podcast運作，主要是對談，賞析現代新詩文本，具導讀功能；惟近來已有新的發展，那就是以詩為主的跨媒介表現，亦即所謂「斜槓」，為與時潮相呼應，二〇二四年舉辦了兩回【AI．詩圖共創】競賽，計得優選和佳作凡四十件。參賽者將自己的詩作以AI繪圖，詩圖一體，此之謂「共創」。對他來說，「詩」以文字為媒介創作；至於「圖」，以其表達意志結合AI運作生成圖片。所以這裡的要點是，詩人想要有什麼樣的圖來和他的詩互文？又如何讓AI畫出他想要的圖？另外一種情況是，操作電腦生成圖片者如果不是詩人自己，那麼他對於詩的理解將大大影響圖之生成。與此相關的議題很多，需要有專業的討論。我們在本書出版之前，先在中央大學舉辦以「AI．詩圖共創」為名的展覽和論壇（十月十五日），建構新詩學。

「同仁詩叢」今年有四本，包括：（一）李飛鵬《李飛鵬詩選》、（二）朱天《琥珀愛》、（三）陳竹奇《島嶼之歌》、（四）葉莎《淡水湖書簡》，詩風各異，皆極具特色，我依例各擬十問，請作者回答，盼能幫助讀者更清楚認識詩人及其詩作。

詩之為藝，語言是關鍵，從里巷歌謠之俚俗與迴環復沓，到講究聲律的「欲使宮羽相變，低昂互節，若前有浮聲，則後須切響」（《宋書·謝靈運傳論》），是詩人的素養和能力；一旦集結成社，團隊的力量就必須凝聚，至於把力量放在哪裡？怎麼去運作？共識很重要，那正是集體的智慧。

最後我想和愛詩人分享一個本社重大訊息，那就是本社三刊（《臺灣詩學季刊》、《臺灣詩學學刊》、《吹鼓吹詩論壇》）已全部從紙本數位化，納入由聯合線上建置的「臺灣文學知識庫」。這應該是台灣現代詩刊物的首創，在「AI·詩圖共創」（展覽和論壇）於中央大學開幕的次日（十月十六日）下午，聯合線上在台北教育大學舉辦「從紙本雜誌到數位資料庫——臺灣詩學知識庫論壇」活動，由詩人向陽專題演講〈臺灣詩學的複合傳播模式〉，另邀請本社社長與主編群分享現代詩路歷程與數位人文的展望。

台灣詩學季刊社與時俱進，永不忘初心，不執著於一端，恆在應行可行之事務上，全力以赴。

陳竹奇答編者十問

李瑞騰、陳竹奇

一、四十年前，我在臺北主編嘉義商工日報副刊，看到竹崎鄉辦竹藝展的新聞，在副刊企劃近一星期的竹專題，有關竹崎在地的竹之報導，委請報社記者和嘉義的朋友幫忙，我自己沒去，有點遺憾，從那時起對竹崎印象深刻。你出身竹崎，以鄉梓為筆名，這是鄉心，我想知道你何以捨去所從之「山」？

答：

心中有山，去山之後仍是山。

竹崎幅員遼闊，位於嘉南平原與阿里山山脈接壤之處，其實處處是山，無處不是山。心既以故鄉為念，故取之為筆名，然「崎」故為山景之一，卻深知農民為之所苦。母親幼年攀爬塘湖古道，販售貨物，半夜起身，晌午才至山下之市集，上山嶺、下陡坡，行經斷崖之處，怵目驚心，甚至有性命之憂，故「崎」乃可恨之地景，「奇」乃孤傲之心境。寧捨可恨之地景，而取孤傲之心境。

孤，獨行於世間而不懼，暗夜獨行於山徑亦然。

傲，獨立於群山連峰之巔，笑看世情懷抱詩心而淡然。

竹解虛心是我心、水能淡性為吾友。

舊家屋後即一片竹林，竹聲徐徐常伴我讀書，我知內心原空無一物，虛心而後無知，無知或許方能無欲。家後有一處泉水，是日常飲水來源，泉水甘甜，初嘗雖清淡無味，品久自有其味。

山居生活，久亦如此。

文章亦然，為文求奇，但毋須強求，平淡中能夠顯露品味，日久可見其心。靈感來源，求諸山水之間。

二、你寫〈竹崎的夜〉，由三組情境構成：一是竹崎的夜與樂，二是由蟋蟀聲引出的四重奏（比擬用的），三是由此樂音引出的巴哈和科隆大教堂（對照用的），最終回到竹崎的夜以及此地過往的鄒族

「迷失的靈魂」。詩的構思，牽來牽起，總離不開創作主體，我想了解你當下的經驗感受。

答：

那一夜，我在窗前，傾聽著蟋蟀聲。彷彿一場交響樂，各種頻率、音色在我耳邊縈繞。在那個寧靜的夜晚，沒有車聲，沒有其他聲音干擾的夜晚，特別清晰。

那是一場交響樂，自然的交響樂。仔細聆聽，約莫可以分成四種類型，後來發現，大型的交響樂可能只是錯覺，其實是四重奏。

回到竹崎，夜晚的時候，有聽巴哈的習慣，其實，早上也聽，清晨一杯咖啡，沉浸在無伴奏大提琴組曲之間。

夜晚時分，則以室內樂居多，鮮少大型的交響樂曲。室內樂，有鋼琴獨奏，也會有三重奏、四重奏。

巴哈的平均律必不可少，郭德堡變奏曲，更可以安眠。

巴哈的清唱劇，可以喚醒靈魂。

類似的感覺，會在某些空間呈現。此時此刻，科隆大教堂的雄偉建築，影像便會在腦海中浮現。

對於上帝，對於天，升起敬畏之心。看見自己內在靈魂的潔淨與虔誠。

這片荒蕪之地，據了解以前是鄒族的聚落，後來因為祖父擔任日本警察強行購買而遭驅逐，聽聞先人這樣的故事，內心難免有愧，道德自覺的意識使然，面對果園裡面諸多圓形無字的墓碑，希望巴哈的樂音能夠撫慰他們的靈魂，使他們得到安息。

其實是我自己的靈魂也同時得到撫慰吧。

三、我看你也寫了大稻埕、淡水、大度山、斗六、府城等地，比較起來，在你來去之間，情境確有差異，能比較嗎？

答：

遊子離家，四處遊蕩，已屆花甲之年，才回歸鄉里。

邂逅之處，有台南府城，任職記者八年，古都風情，略領風騷。

也曾任教於淡水河口，淡水暮色，令人神往。

大度山是帶領人文營學員的難忘之處，與年輕學子共同沉浸於人文社會科學的學風之中，可謂快意人生。

斗六是最近十年寓居之處，鄰近雲林溪，朝夕相處，晨昏定省，雲林溪的溪水，伴隨著我的寫作生涯，日子一天一天過，我寫著小說，也寫著詩。

大稻埕可以領略台北過去的風華，也是我經常造訪之處。

這些地方都充滿了回憶，也難以比較。

四、詩集中有二首〈島嶼之歌〉，如果我建議你拿掉一首，你會拿哪一首？

答：

兩首島嶼之歌之所以全部收錄，也是因為難以取捨吧。

如果真的要有所割捨的話，我應該會去掉以人物為主的第一首吧。

理由大概是人物的列舉只是一種象徵，譬如齊柏林的眼睛觀照著島嶼的理路，陳明章象徵台灣現代民謠的崛起與奠立，鍾肇政是客家文學的代表，簡上仁則致力於保存台語歌曲之美，吳晟的詩親近土地，夏曼藍波安是原住民文學的代表，這種種的表徵都有人足以代表，我相信那只是象徵，是可以找到其他人作為符號的象徵，所以，如果兩者之間如果要擇一的話，我應該會去掉有代表人物的那篇，因為土地的故事始終可以找到不同的代表人物。

五、你的詩，出現許多「靈魂」，以及與此相關的詞彙，並有慰亡靈的題旨：包括面對臺灣原住民族、以巴衝突中的亡靈、以及王文興和潘木枝醫師等。可以歸為現代「悼亡」一類，你如何處理這樣的詩類？

答：

靈魂得以安息，是一個亙古以來的課題。

因為相信死後仍有靈魂，所以希望得到救贖，救贖的表徵之一就是安息。

逝者如此期待，生者如此祝福。

慰亡靈，有時候是因為死者有未了的心願，或者死於非命，含冤莫白。

有時候是時代的苦難，需要集體的救贖。有時候是一種懺悔，一種贖罪，因為自身可能是造成悲劇的關係人，希望透過慰亡靈內心能夠得到一種救贖，一種平靜與安慰。

慰亡靈，應該是同理心的願用，亡靈的遺憾為何，我們能否理解，能夠加以安慰，也許，最後我們想要安慰的是自己。

六、你寫〈罪惡的城市〉、〈古老的城市〉、〈夜之城市〉等，城市自有美醜，亦有其悲歡，你在城市之詩中注入了什麼樣的城市觀點？

答：

我來自鄉村，卻常常居住在城市，城市，居住著人群，人們相聚別離，因而城市裡面充滿了回憶。

回憶，經常只屬於城市。因為，城市的回憶不屬於鄉下，這個城市的回憶也很難屬於其他城市，這是城市的獨特性及不可取代性，每個城市都是獨特的，因而居住在這個城市的經驗也是獨特的，無法移轉，無法逆轉，無法取代，很難磨滅。否則生活將空洞無物，空白一片，因為記憶只呈現在城市的街景，只呈現在城市的居民身上，我們在他人身上找尋回憶，人走了，回憶並沒有被帶走，回憶屬於分離的人，回憶也屬於守候的人，守候著城市，守候著回憶，守候著別離。

七、「從詩談起」一輯和寫作有關，說明你的文學自覺，我特別喜歡你說的「其容乃大，其外無界」，「通透世情，了然生命」，你能說一說嗎？

答：

詩意人生，就是讓人生變成一首詩，

詩是無所不在的，當我們這樣說的時候，詩就是人生，詩也是一種哲學。

我們可以生活處處是詩，無處不是詩。

讓想像力充滿這個世界，讓想像力可以飛越，飛越任何現實的藩籬，進入一個詩的世界，詩的世界是沒有界線的，因為它是一個想像的世界，一個超脫一切的世界。

當我們將生命擺放在一個詩的世界裡面的時候，想像力可以不用受到現實的侷限與拘束，進入一個詩的世界，想像的世界，也是藝術的世界，在這個世界中，我們的靈魂可以超脫，可以飛越，我認為詩意可以無窮無盡的展現、流淌出來，正是我們生命最光輝燦爛的時刻，也是我們最接近神的時刻。

八、「光影之間」一輯，情動於中而形於言，皆素樸自然的小品，和大論述相較，這種生活中閃現的光與影，語近情遙，你自己怎麼看？

答：

情似朝露，晨曦浮現即逝，寡取易盈，不載大道。然詩三百，莫非言情。所謂伊人，在水一方，虛無標渺，卻情真意切。

我見青山多嫵媚，料青山見我亦如是。情與貌，略相似。世間有情，故足以吟詠萬物，世間無情，更是憑添幾許惆悵。人若無情人孤獨，天若無情天亦老。情一字，自古而今，卻是一語難以道盡。

行到水窮處、坐看雲起時，是情，閒情。半畝方塘一鑑開，天光雲影共徘徊，是情，道情。世間萬物無不有情。

九、你的詩中有不少排比句，有復沓效果；但用多了，也不一定好。你自己有什麼看法？

答：

熟讀唐詩三百首，不會寫詩也會吟。

沁吟於古詩詞中，耳濡目染，已經不知道從何而來，往何處去。只知道信手拈來，信口而歌，情由心生，不知所終。

詩既能歌，複沓亦然。既非故意為之，大概也很難故意免之。就隨興之所致吧！

疊句在近體詩中幾乎是必然，即便是填詞也常見。採菊東籬下，悠然見南山。明月松間照，清泉石上流。此中有真意，欲辨已忘言。

十、會想計劃寫詩嗎？

答：

寫詩是一種心情，是一種生活方式。可為之，也可不為之。不知道從何開始，也不知道從何結束。

因而，難以有計畫，也無計畫。只能任性而為。率性而為。

不知老之將至。

推薦序

疼惜土地，島嶼有歌

小荷

詩人、《有荷文學雜誌》「愛分享」專欄作家

「島嶼之歌」具體而言，訂題可分成一、島嶼之歌：對腳下土地的疼惜，念茲在茲，以齊柏林眼睛俯瞰台灣，從吳晟濁水溪細語著沃腴的嘉南平原，在蘭嶼隨夏曼藍波安拼板船乘風破浪，每一敲鍵不僅文思泉湧，更是靈光下的意象呈現，詩人以其精煉文字，創造了微妙的想像空間，展翅穿越時光，來到讀者面前。

二、詩是心血結晶，大則詮釋個人人生宏觀思維，小則是自我走訪某些地標的感懷，有親切，有悼念，有悲傷，也有理趣兼容客觀的敘事，道出了「詩是生活。」

三、文章本天成，光與影，筆鋒一轉，這一篇章輕盈而浪漫。想必是詩人在詩的文字寶地真摯的耕耘，也是自我詩與心靈的對話。

詩人出身嘉義竹崎，筆名竹奇寓意不忘生身來處。〈竹崎的夜〉一開始由蟋蟀高音共鳴，是美好堪值玩味的四重奏。露水也凝成G弦之歌，夜鷺也敲奏定音鼓，野薑花讓你嗅覺澎湃，這一切的和諧緊接著話鋒一轉，急轉直下，思緒輾轉間：

沒有科隆大教堂
只有嘉南平原的燈火
安慰迷失的靈魂

文字流轉，詩句充滿悲傷。說的是什麼呢？迷失方向的靈魂幸好有燈火指引，拂掠過心眼的是大多數離鄉的遊子，也包括自已，戀戀不忘故鄉情。

當巴哈也變得沉默
我只能在鄒族

無字的墓碑前

吟唱著無聲的悲歌

當赫赫有名涉獵廣泛的巴哈也沉默無語時，隱喻的可也是自己的抑鬱？鄒族曾在白色恐怖時期，受到嚴重的整肅，墓碑無字，有著研讀歷史背景的詩人感傷自己一路輾轉也指涉鄒族過往，筆墨間的感傷也就不在話下。

詩作付梓，需要讀者共鳴。當你翻閱之餘，或怦然心動，或會心一笑。一首又一首詩具有如繁花一路燦開在詩路上，更多的感受就留給讀者穿透時空，燈下細細品味。

推薦序

《島嶼之歌》臺灣的詩意記憶

陳康芬

中原大學通識教育中心副教授暨全球客家與多元文化研究中心主任

太史公曾在《史記》自序云：「夫詩書隱約者，欲遂其志之思也。昔西伯拘羑里，演《周易》；孔子戹陳蔡，作《春秋》；屈原放逐，著《離騷》；左丘失明，厥有《國語》；孫子臏腳，而論《兵法》；不韋遷蜀，世傳《呂覽》；韓非囚秦，說難、孤憤；詩三百篇，大抵聖賢發憤之所為作也。此人皆意有所鬱結，不得通其道也。故述往事，思來者。」顯然，「右手寫史」的陳竹奇既在其列、又不在其列。在其列，是因為《島嶼之歌》包藏了他對於臺灣欲遂其志之思；不在其列，是因為《島嶼之歌》是他「左手寫詩」的南北往來生活的書寫記錄，也是吉光片羽生命的創作謬思。

認識陳竹奇的人都知道，他是一個浪漫的奇人。因為浪漫，他的「寫史」，顛覆了中國史家「發憤著書」傳統的沉重，用他自我生命中難以承受之輕去愛著他孜孜念念的故鄉臺灣；因為浪漫，他的「寫詩」，又是他「遂其志之思」的生命萬花筒，每一轉，都是他在北往南返生活中的片羽吉光不斷來回反射的情與思。而不管是寫史或寫詩，逐漸洞悉陳竹奇的浪漫個人特質中，最珍貴的地方應該就是他面對自我書寫或創作的真誠。

《島嶼之歌》是陳竹奇繼《光影之間》、《這究竟仍是一場夢》、《在舒伯特的歌聲中》之後的最新詩集，收錄「島嶼之歌」、「從詩談起」、「光影之間」、「如果雲有知」四個小詩輯，每一輯所收錄的詩歌看似多元命題、琳瑯滿目，但相信都有詩人自己記憶的內在編碼，每一個編碼都有詩人走過的生命中的（對詩人自己才能形成重量的）無可比擬的點點滴滴。每一行的點滴敘事中，有詩人的所見所聞，也同時註記他的所感的內在風景，「島嶼之歌」大抵與之個人或生活或生命或閱讀行腳有關的臺灣印記；「從詩談起」則比較像是詩人日常的讀書筆記或生活札記或行旅印象；「光影之間」更多是詩人的追憶似水年華，有意無意之間都透露出一如李商隱〈無題〉中，「琴瑟無端五十絃，一絃一柱思華年。蒼海月明珠有淚，藍田日暖玉生煙。莊生曉夢迷蝴蝶，望帝春心託杜鵑。此情可待成追憶，只是當時已惘然。」的無以名之的惆悵。一如以往他的個人書寫的特質——他的浪漫無所不在，而他最深情的書寫總是帶著他對個人私密生命記憶或自戀或耽溺或懺情或佯裝雲淡風輕（其實可能有點在意）……的各種風格的書寫印記。

自戀，一如，在〈創世紀〉中，那從焦灼到逐漸穩定於書寫靈感與記憶召喚之間、可以不斷衍生的自己對自己的對話：

我在1與0之間流浪
光以粒子構築摩天輪
用行星環繞恆星
每一個軌道
都是字句鋪設而成的

可以跳躍

可以倒轉

可以反覆

朗讀

在星球們感到寂寞的時候

聲音　是一種方程式

可以運算孤獨運行的頻率

在不同空間置換

彼此的情緒

耽溺，一如〈輕撫〉中往返台北與高雄的遊子對成長家鄉（竹崎？）比擬情人身體記憶的戀人欲望絮語，將穿梭在記憶時間的思鄉之情與想像凝視下的情人身體欲望，糾纏成具象的「輕撫」行動，（過於）謹慎其中與小心翼翼經營的欲望，也許是詩人心中最矛盾的情結——既渴望深入又只能目淫之。也許對詩人作為一名男性遊子來說，故鄉曾是孩童青少年記憶時光中的虛構母親、學子離鄉背井記憶時光的真實情人，然而到了真正走到了少小離家老大回轉時候，又混合成難以比擬的無以名之的女體欲望——但不管是什麼，都是詩人自己糾纏於自己記憶的欲望投射：

輕撫你的背
是一段貧脊的山丘
是數月來的南北奔波
是黑色薄紗之下的紙煙與孤寂

一眼可以望穿的
是你清瘦的身影
咖啡是你的肌膚　透露一種芳香與憂鬱

試圖灑脫的是你的姿態
而無法釋懷的是你的心情
你在北地與南都之間徘徊

家是一個遙遠的記憶
縱使偶爾而仍能委寄身軀
靈魂的遊盪何時停息
只為了一場無謂的遊戲

懺情，一如〈下雨〉，也許是詩人青春記憶中最純情的一章之一，是屬於校園民歌的純真年代的情詩，即使是得以詩之名而召喚的追憶似水年華的書寫文字，「可以跳躍、可以倒轉、可以反覆朗讀」的旋律，輕輕訴說著只有詩人自己才知道的……或緣慳一面的靈魂故人……或錯失卿卿的逆旅身影……也或者什麼都不是的只屬於雨天憂鬱的一時傷情感懷：

下雨的時
是寂寞的時
我輕輕念著你的名字
寫一首情詩寄給你

三月的木柵
永遠罩著一陣的茫霧
我在茫霧內底
找無你的形影
只聽見你的歌聲
流在醉夢溪留下的痕跡
有一個夢

是關於下雨天的夢
夢中的雨
落袂停

我拿著一支雨傘
在堤防上等你
水淹過堤坊
你猶原沒來赴約

我只有聽見
一陣歌聲
隨著溪水慢慢流去

那是一陣雨
那是一場夢
夢中的雨
猶原是落不停的思念

對詩人來說，〈下雨〉應該不是詩人寫得最好的情詩，但對我個人來說，這首詩的情真意簡卻總是很神奇地浮暈著、輕輕召喚著五、六年級生中，對於校園民歌最美好的一曲鄉愁旋律……，與施孝榮的〈拜訪春天〉語境不同，但在詞境與情感的錯然轉換上，有異曲同工之妙：

那年我們來到小小的山巔　有雨濃濃細細的山巔
妳飛散髮成春天　我們就走進　意象深深的詩篇
妳說我像詩意的雨點　輕輕飄向妳的紅靨
啊……我醉了好幾遍　我～～～醉了好幾遍

今年我又來到妳門前
妳只是用溫柔烏黑的眼
輕輕地說聲抱歉

這一個時節沒有春天

如果說，〈拜訪春天〉是青春版的愛情悸動與擦肩而過；〈雨天〉就有點像是大人版的曾經滄海難為水、除去巫山不是雲的遺憾愛情——但是，兩首對照相比，同樣有雨，濃濃或綿綿的雨中都有那記憶中難以忘懷的旖旎，只是青春版錯過的，是與佳人春遊曾經瞬間默契的兩心相悅，即使今年這一時節沒有春天，所留下的，是那曾經當下的一點曖昧、一點害羞仍止不住的反反覆覆、輕聲吟唱；大人版的錯過與多年後的驀然回首，則是徘迴在夢與醒之間的悵然，曾經分不清夢裡或現實的尋她千百遍，在佳人或毅然轉身或最終不與之同調的陌路心事中，徒留的最後溫柔，是尾生抱柱的遺憾？還是優柔寡斷的思念？其實並沒有那麼重要！而大人錯過的愛情，不管是曲終人散的愁緒或曲未始人未散的哀傷，一切只是與寂寞共舞的有聲勝無聲，詩人的浪漫原是三月的春雨聲，是呼喚佳人名字中的魔咒幻語，是溪流在時間歲月中的嗚咽聲……。

當然，再浪漫的詩人都有生活的現實。比較有趣的、可以一窺詩人現實生活油煙仍可能如影隨形、不會浪漫也談不上羈絆的佯裝雲淡風輕（其實可能有點在意），一如〈颱風過後的日常〉：

小犬
不如名字般溫和地
走過

我由北南返
你由南往北
都是我們的日常

日常
向日本人吃壽司一樣
不能說是沒滋味
也不能說
有什麼滋味

生活的味道
得要自己來嘗
不一定酸甜苦辣
有時候是近乎平淡

你說

香魚是美味
我覺得一碗味增湯
是天堂

黃金炸豆腐
把平淡
炸成黃色的燦爛

吃完
你得北上
我仍繼續守候南方

這只是一餐
颱風過後的日常

其實這首詩真的不宜將詩人生活對號入座，但這首詩很特別，有獨無偶地「調性與眾不同」，讓人不得不注意到，詩人原來是有極少的黑色幽默——關於父與子及繼父與繼子，無關乎血緣或法律所維繫的實質或名義的關係，而是命運般不可捉摸的可遇不可求的投緣與否——在台灣，很多的現實顯示，父與子之間從來就不是一加一等於二的和諧，而男人與男人碰杯對飲交視會心一笑的men s' talk，更是資本主義消費市場廣告為酒商所打造的想像美好……；〈颱風過後的日常〉中若隱若現的男性衝突，不像是我們周邊所常看到的那種父對子之間愛之深責之切的衝突，而是滿滿好氣又好笑的——從指名小犬的名實不符，既是嘲諷、也可能是真心話，到暗喻衝突發生又必須一起共餐的家居生活日常一隅，再再隱射與「小犬」之間在關係上彼此難以認同的價值選擇對立，詩語行字間看似是理性所接受的不能強求的釋然，但釋然間又似乎可以感受到善意想跨而跨不過去的代溝遺憾，倒真的是詩人以詩寄情傳意中少見既淡漠又必須強壓某些不滿情緒的書寫。即便如此，詩人還是很真誠地向他的讀者拋出他自己。

「真誠立心，才能照見自己」——這大概是讀陳竹奇的詩最令人不禁莞爾、又不得不讚佩他的文學初心始終不變的小小閱讀驚喜。是以誠意推薦之！

自序

我寫詩過日子。偶而也種樹。經常坐火車南來北往，居無定所。詩裡面有我生活的諸多面貌，更多的時候，詩像是一首歌，是我生活的節奏與旋律，我歌唱所以我寫詩，我愛書寫，所以我寫詩，我愛發呆、沉思，所以我寫詩。詩可以言情，也可以照見自己，發掘自己的潛意識，詩是鏡中之我，是茫茫的人生旅途，是夜晚的星空，是孤寂時照亮我的蠟燭，是陪伴我進入墳墓的墓誌銘。

我不是詩人，但詩是我的旅程。走過大江南北，我吟詩，把山水描繪在詩中，把詩句撒在山水裡，我閱讀時，也是一首詩，卡繆是詩、盧梭是詩、黑格爾是詩、馬克思是詩，天地萬物皆是詩，早晨的霧是詩，夜晚的露水也是詩，我醉了，詩在我的夢裡，我醒了，遺留在夢境的是……

目次

從詩談起

光影之間

如果雲有知

島嶼之歌

島嶼之歌（一）

當我們隨著齊柏林的眼睛
俯瞰著台灣

我們就可以聽到
陳明章的吉他
正在輕輕地歌唱
唱遍島嶼的大街小巷

唱著鍾肇政的故鄉
有許多的細妹按靚

唱著簡上仁的正月調
回憶過年的美好

歌聲迴盪在熱蘭遮城
鄭荷大戰正激揚
史卡羅的長矛
指向大武山的遠方

讓你的眼睛離開台北盆地

傾聽島嶼的呼吸
讓吳晟的泥土帶你傾聽
濁水溪的細語

你看見黑水溝
感受先民渡海的壯闊
你看見嘉南平原
看見母親的汗水
流過每一畝稻田及水溝

讓我們一起迎向阿里山的日出
在山林之間
與原住民的祖靈共舞
跨越每一座彩虹橋
在每一座山峰上祝禱
我們是勇敢的黑熊戰士
用生命保護島嶼的美好

在蘭嶼的海面上
隨著夏曼藍波安駕著拼板船

乘風破浪
擁抱藍色海洋
傾聽流麻溝的嘆息
我們更要自由地呼吸

我們是一顆顆的種子
落在島嶼的土地上
終將長成大樹
我們的每一片樹葉
每一根枝芽
都會保護我們的子孫
遠離黑暗
面向陽光

創世紀

你在草地上行走
躺臥變成一具死屍
因為詩句過於乾涸
所以焦慮如河

掏空腦袋
也找不到妄想的 AI 處理器
晶片竟然都逃亡了
每一種屬於頹廢的浪漫
只能自動進化
一種能量自足的程序語言
在人體的宇宙裡面無限擴張

睡眠的加速器
以光速編織夢想
星雲的邊界往後退縮
直到所有的黑洞
都完全啟動

在一種光年的旅行裡面
遇見自己

並且交媾
再進行自我的再生產裡面
靈魂的複製
已經不需要上帝的監督

我在1與0之間流浪
光以粒子構築摩天輪
用行星環繞恆星
每一個軌道
都是字句鋪設而成的
可以跳躍
可以倒轉
可以反覆
朗讀
在星球們感到寂寞的時候
聲音　　是一種方程式
可以運算孤獨運行的頻率
在不同空間置換
彼此的情緒

白紙

從野百合
到太陽花

今天我們在白紙上
書寫著沉默

一聲巨響
終會驚醒許多
夢中的人

時代的巨輪
向前
緩緩地　緩緩地
輾壓著　躁動的靈魂

因為被輾壓
在大地留下印記
因而顯得　不朽

黑夜蒼茫中
野百合誕生

晨曦甦醒時
太陽花綻放

我們正用一張白紙
書寫
新的歷史篇章

風的通道

你站在那裡
那裡便是風的通道
貓公車還未到站
哭泣兒趕快逃跑

我們一起吹著風笛
一起在樹枝上搖晃
龍貓打了一個噴嚏
魔女的掃帚便翻了一個跟斗

那兒始終有個勇敢的女孩
駕著電動風箏
企圖阻止戰火
今鹿公主傷口的毒汁
讓我們一起幫她吸乾

我知道你是一條河川
但是我忘了你的名字
如果你忘了我的名字
那麼你就叫我忘川

在風的通道
我們一起努力往前走
找尋那空中的城堡
找尋那移動的城堡
在童話中走進歷史
在童話中走入現實

淡水

我在淡水遇到妳
淡水便是宇宙的中心
海浪每一次拍打沙灘
都是我對你的告白

我想邀你去時空旅行
乘坐一種叫做遺忘的太空船
飛到伊甸園的仙女星雲

據說到達後
人會回到原初的狀態
像一張白紙般純潔

你可以重新把人生塗上色彩
我可以繼續書寫故事

你的舞姿
可以劃過天際
成為流星

我的歌聲
在星星閃爍的時刻
成為音符

當宇宙恢復寂靜的時候
我會獻上第一個吻
給詩句填滿的虛空

死神

在死亡的甬道裡
且讓我踽踽獨行

我的親人們都已遠去
他們有的先行遠去
有的仍在等候死神的召喚

我向浮士德借一根菸
沒想到他竟是魔鬼的化身
他要用青春跟我交換靈魂
我轉身在曠野裡狂奔
靈魂已不知去向

莎樂美迎向我而來
銀盤裡端著我的頭顱
他喘息著
對我訴說
曾經吟詠的詩句
還有曾經唱的歌

或許是因為太過勞累
而咳嗽不已
只好一直喘息
好像失去了空氣

森林裡　瀰漫著　薄霧
薄霧裡　瀰漫著　回憶
回憶太多讓人無法呼吸
我又狂奔離開森林

陰鬱的天空裡星星閃爍的剎那　月亮微笑了
月亮微笑地唱著歌的時候　鳥兒睡著了
風輕輕地吹過原野　我的靈魂飄盪在草籽與草籽的
間隙裡
也成為了一顆草籽
來世轉世成為草籽
伴著朝陽裡面的牽牛花的朝顏
伴著野薑花的回憶
伴著蒲公英的無聲無息
飛翔

當酢漿草張開花瓣時

微風吹過她的臉龐

我伸出手撫摸

期待一種紫色幸運地降臨

在甬道的盡頭

即使只有死神陪伴我

我也希望在路旁

種上幾棵四瓣的酢漿草

交錯——悼念王文興

我跟你
幾次擦身而過
第一次拿著你的小說
我默默地
在初次踏入暗巷的時候
思索

一段幽深冗長的敘述
一條沒有盡頭的甬道
使我困惑
但沒有讓我停止行走

跌跌撞撞
是我
一路淌血
是我

那一日
我盤旋而上
在你的魂魄未散盡的時刻

目睹你的手跡
書寫著踽踽獨行
用筆尖踏出的步伐
錯落　墨水枯乾
猶在稿紙上
塗抹出山水
構成了一幅風景

我與你
仍交錯而過
而此刻
我才明瞭
你並未回頭
只留下一道身影
當我望向年少的時候
總不免要繼續
追索……

颱風過後的日常

小犬
不如名字般溫和地
走過

我由北南返
你由南往北
都是我們的日常

日常
像日本人吃壽司一樣
不能說沒滋味
也不能說
有什麼滋味

生活的味道
得要自己來嚐
不一定是酸甜苦辣
有時候是幾近平淡

你說

香魚是美味

我覺得一碗味增湯

是天堂

黃金炸豆腐

把平淡

炸成金黃色的燦爛

吃完

你得北上

我仍繼續守候南方

這只是一餐

颱風過後的

日常

讀詩罷——悼念以巴衝突中的亡靈

讀詩罷，當你對生活感到絕望時，讀詩罷……
讀詩罷，當你對人類感到失望時，讀詩罷……
讀詩罷，當你對生命不再有所期待時，讀詩罷……
我不會為了今天是一個國家的生日而要求你讀詩
因為那只是浮現在天空的一個空洞的幽靈
當那面國旗沾滿了
殺戮人民的鮮血
我不會奢望
消滅你心中的怒火
不會期待你愛的目光
但是
我會要求你為自己
讀一首詩
因為你的靈魂需要撫慰
而國家之間的爭戰
只有製造更多的死亡……
所以
我的朋友
讀詩罷
即便上帝聽不見你的呼喚

你仍需要撫慰自己哀傷的靈魂

那麼，讀詩罷……

一支菸——悼念潘木枝醫師

一支菸
訴說不了
一個人的一生

一支菸
訴說不了
家人對他的思念

菸慢慢地點
所有的折磨
自己都可以聽見

血慢慢地流
滴入土地的時候
母親也會哭

煙
輕輕地吹
飛在諸羅城的天空
你的名字

刻在雲彩上

變成一首詩

火車上的夢遊

因緣湊巧
搭上莒光號

喜歡那種
慵懶
搖搖晃晃

不急不徐
進行著旅程的
節奏

是午夜的爵士
是午後的藍調

從師大路口
樂音
漂到
永福路上

台北的午夜
醉人的不是啤酒
南都的街頭
有一杯抹了鹽巴的
瑪格莉特

不會醒的
是春天
大稻埕冷清清的歌聲
還有五條港小巷裡的
燈火

竹崎的夜

竹崎的夜
由蟋蟀的高音共鳴
開啟四重奏

露水
凝結成為
G 弦之歌

當夜鷺
敲奏定音鼓

咕……
咕……

山谷中的迴音
支撐低音部

野薑花訴說衷曲
用香味譜成旋律

沒有科隆大教堂
只有嘉南平原的燈火
安慰迷失的靈魂

當巴哈也變得沉默
我只能在鄒族
無字的墓碑前
吟唱著無聲的悲歌

雲林溪畔的貓

夜晚的貓
行走於雲林溪畔

是怎樣的夢想
在撩撥著遠方……

當貓叫聲四起時
夢遊神被喚醒了

他行走於水草間
像一首如歌的行板

你的貓爪
滑過莫札特的時候

有一種鍵盤
在黑與白之間跳躍

那是一種安迪沃荷無法模仿的
曲調

他是一首從萊茵河流過多瑙河的

安眠曲

夜遊神竟然因此

睡著了

熱帶氣旋

你是我生命中的熱帶氣旋
原本該帶著我
萬水千山走遍

你夾著狂風暴雨
要將我的靈魂洗淨
奈何我混濁的心
像是遭遇豪大雨的河流
泥土不斷沖刷
也見不到
溪水澄清的一天

你在西太平洋
遊蕩　盤旋
像是一個駕著重機的猴子
在山道上迷失了方向

我像是一棵被颶風吹拂
不斷彎腰的樹
在你面前的卑屈

當你離開後
仍然挺直腰桿
努力生長

明年夏季時
仍然傾倒在你的身前
仍然再一次
拋棄我的尊嚴
只為了　向你表達
我無知但無悔的愛戀

寂靜

你從大天后宮走出來
踏著莎樂美的步伐
手執約翰的頭顱
擲向寂靜的天空

萊茵河裡
有躁動的黃金
當齊格菲的牧歌響起
你往奧林帕斯山上飛行
飛行
一如祖先般宿命

我在西湖邊
陪著魚玄機彈著豎琴
在斷橋的倒影裡
聽殘雪飄落的聲音
成為吟詠的詩句

赤崁樓裡
樓梯聲響起

莫非是張愛玲的腳步

循階而下

尋找如夢令裡

如泣如訴的芭蕉

怎奈一夜的風雨

守候著蠟燭

等待天明

關於春天的盼望

關於春天的盼望
是這樣子的

我選擇在一個極度低溫的清晨
走在老家附近的公園
持續走路讓自體發熱
然後我就看到陽光照進森林裡面
彷彿有了光

我相信生命終有定數
此時
一片落葉飄下
我就發現自己成為那一片落葉
被泥土所掩蓋

但陽光並沒有放棄我
它持續照耀那片泥土
直到我變成一顆種子
冒出新芽

在那片陽光之中
竟然也有雨飄過
帶點溫暖的雨
讓我茁壯
在森林幽暗處灑下一道道彩虹

直到我長成一顆大樹
依稀記得那年陪伴我度過冬日的陽光
以及春天來臨時的
第一場雨

我往清澈如鏡的一潭溪水
照見自己
竟是滿身繁花綻放的光芒

斗六的夜色涼如水

晚上的散步
我最喜歡雞蛋樹
在雲林溪的倒影

那棵樹
是夜晚
守護的精靈

守護著夜鷺
不會在夜晚
迷路

守護著洋紅風鈴木
依然在黑暗中綻放
在無色的世界中
流露出繽紛

魚兒在溪底安眠
流水
繼續吟唱著夜曲

撫慰著夜行者

不安的靈魂

讓鬼魅

不要侵擾他們的遠行

布拉格

相約在布拉格
春天是否仍遲遲不走
留下幾絲眷戀
在開遍原野的狗尾草上

你說你喜歡夏天　夏天就來了
來得如此地快
在張手擁抱海灣的城市中
而你也敞開了臂膀迎向海洋
海洋的心　帶著你飛翔

布拉格的晚餐
春天不禁連夜赧頰逃竄
讓海洋的新鮮浮上檯面
夏天偷偷地藏匿在美食之間
在我們品嚐下肚之際
流入我們心中
成為一種隨時散發的氣體

留言

版本一

告別過的　可能會再來

踏過的痕跡　消逝後仍會浮現

記憶的輪迴　在時間中浮沉

上下擺盪之間　沒有年紀

版本二

看似過往的

卻未曾真正消逝

走過的痕跡

難免偶而浮現

時間不是一條直線

而是上下擺盪

在記憶的輪迴之間

輕撫

輕撫你的背
是一段貧瘠的山丘
是數月來的南北奔波
是黑色薄紗之下的紙煙與孤寂

一眼可以望穿的
是你清瘦的身影
咖啡是你的肌膚　透露一種芳香與憂鬱

試圖灑脫的是你的姿態
而無法釋懷的是你的心情
你在北地與南都之間徘徊

家是一個遙遠的記憶
縱使偶而仍能委寄身軀
靈魂的遊蕩何時停息
只為了一場無謂的遊戲

眷戀十四行——寫於大度山

此刻　眾聲喧嘩的茂榜廳
非常安靜
我油嘴滑舌的假音
越來越輕
終究有一種靦腆
揭露真實的容顏
終究有一種無言
使靈魂再現
這夜晚的大度山
漫延著我與十七歲的纏綿
無邊無際的絲雨
編織著我對青春的眷戀
十四弧的彩虹　對照生命的無常與平庸
交織輝映著真實與虛無之間的朦朧

小樓之約

這亭台樓閣間
都是你的身影
化為一道道的
寂寞
在雨夜中
下個不停

小樓
昨夜有人唱個歌
但沒有人來和
只有蠟燭
垂淚到天明

我抄起一手書卷
揚起漫天飛雪
覽平湖秋月
盪著小舟
到湖心
到幽徑的盡頭

那兒

有一支悠揚的笛聲

有如泣如訴的南胡

而我

只對著一曲琵琶

流淚不停

交易

當瘦削成為一種特權
苗條變成商品
在網路上交易

處子
可以加高籌碼
清純
成為一種外衣

我將你的偽裝
揭露
成為一疊疊的貨幣
成為可以兌換香奈兒的
無數個夜晚

巴黎不遠
不只是購物的天堂
裸露不只存在於紅磨坊

所有的身體都可以拿來交換
不論是白天
或者夜晚

只有性感
可以躺在沙灘上
或者
午夜的彈簧床

畫

妳從畫框裡面走出來
走出一個古典主義的步伐
走出一種印象主義的氛圍
走向達達主義的超現實

妳是一幅畫
一幅屬於過去的畫
一幅屬於歐洲宮廷的畫
一幅不屬於我的畫

光　遇到妳
會靜止
然後　緩慢地流動

我得去找莫迪尼亞尼
他肯定在酒吧裡面
等我喝酒

我不會讓他喝醉
在他喝醉前

我先會喝醉

然後　看妳出現在他的畫中

我就知道自己醉了

我所愛的雲林溪

潺潺的溪水
流過
是母親為我
唱的歌啊……

昨夜
暴雨一直落
溪水湧動
乍然
為紅冠水雞的幼雛
唱起了一首輓歌

今晨
當濁流已逝
溪裡
仍然隱藏著
你的溫柔

逐漸浮現
在樹的倒影裡

你又為了我

詠唱

一首屬於夏日的詩句

微微顫動的

餘波蕩漾的

都是

憐惜的心情

哀嘆

春日已逝

罪惡的城市

我是一個天使
守護著上帝之城

當瘟疫蔓延時
被撒旦所詛咒
突然之間
極度厭惡這個城市

這個城市一定是病了
才會這麼邪惡……

彷彿
隨便走在那個街頭
都能掉進
罪惡的淵藪……

我要回到
南方的家

那裡

有清新的空氣

甜美的家園

有青翠的山谷

在召喚著我

讓我把罪惡的身體

遺留在這個城市

讓潔淨的靈魂

飛回南方吧……

即使只有靈魂

或許只有靈魂

在這個罪惡的城市

我是最後一個

墮落的天使……

禿鷹之歌

這個世界
最廉價的是貨幣
最富裕的是歡喜

青青草原裡
有生命的氣息……

股市匯市中
有腐朽的痕跡……

馬克思的資本論
流出共產主義
紅色的血液
亞當斯密的國富論
宣告了
用靈魂換取救贖的契機

世紀末的謊言
只是上世紀的遺緒
預言

像落葉灑滿地

每一則都信誓旦旦
宣告秋天即將來臨

在冰封中
便以為聽不到
屍體的哀嚎
食人族的子孫
正在鼓舞著戰爭

祭壇上的白骨
幻化成一隻禿鷹
撕咬著其他白骨
直到自己也跌落
地獄的深淵

跨國而來的詩集

跨國而來的詩集
跨海而來的詩句

生命中一直無法迴避的北國
一如我所生所存的南國

都是一種難以拋棄的眷戀……

眷戀著山
眷戀著海

從阿里山到富士山
從牛稠溪到多摩川

我在筑波山上
聞著二月的梅花香

也在姐妹潭旁
看著吉野櫻

我的靈魂一分為二

一道成為宇治抹茶

伴著紫式部

書寫源氏物語裡面

櫻花的飄落

一道在霧社

伴隨莫那魯道的英靈

遁入梅花花瓣

成為一股散發的幽香

飄散

飄散

在太平洋無垠的海面上

在南島語族遷徙的波浪中

飄散

島嶼之歌（二）

當我們隨著大冠鷲的眼睛
俯瞰著台灣

我們就可以聽到
布農族的八部合聲
正在輕輕地歌唱
唱遍島嶼的大街小巷

唱著採茶姑娘的故鄉
有許多的細妹按靚

唱著正月調
回憶過年的美好

讓你的眼睛離開台北盆地
傾聽島嶼的呼吸
讓泥土帶你傾聽
濁水溪的細語

你看見黑水溝
感受先民渡海的壯闊
你看見嘉南平原
看見母親的汗水
流過每一畝稻田及水溝

讓我們一起迎向阿里山的日出
在山林之間
與原住民的祖靈共舞
跨越每一座彩虹橋
在每一座山峰上祝禱
我們是勇敢的黑熊戰士
用生命保護島嶼的美好

在蘭嶼的海面上
駕著達悟族的拼板船
乘風破浪
擁抱藍色海洋
傾聽流麻溝的嘆息
我們更要自由地呼吸

我們是一顆顆的種子
落在島嶼的土地上
終將長成大樹
我們的每一片樹葉
每一根枝芽
都會保護我們的子孫
遠離黑暗
面向陽光

大稻埕行腳

在大稻埕邊緣
下午的閒逛
逛成一種雜亂的流浪

有石黑一雄
有吳明益
屬於小說家的靜謐

在我告別詩人高亢的嗓音

鼓點
成為故事前進的節奏

芙莉蓮
依然思念著友人
魔王
等待著決戰時刻……

拿起兵器的傀儡
叫囂著空城裡面的敵人趕快開門

琴聲悠揚　流瀉四地
殺伐聲四起
古琴絃斷落　如流水四溢

從孫子兵法書中爬出的幽靈們
在古戰場喘息

石碑上爬滿的藤蔓
散播著謠言

牧童
以笛聲
吹響
勝利的凱歌

古老的城市

這是一座古老的城市
古老到記憶也迷失了方向
這是一段古老的城牆
許多魂魄及白骨
在這裡尋著他們的過往

這是一種醉人的酒
許多戰士喝完都不想上戰場
這是一首無言的歌
許多人唱完後就忘了自己
忘了自己
也忘了過去
忘了回憶

只記得你
臉龐上
那一道月光
那麼溫柔
那麼明亮

二十一世紀資本論

午夜
一個保險員
從 line 丟給我
一片楓紅

人生的美景
無法做風險管控
只能做危機處理
在良辰美景虛設時
認賠殺出

今宵酒醒何處
要看 CPI
或者 EPS
總之要轉換成英文字
或者數字
才能看出你的生命在貨幣市場的價值

當尊嚴也有浮動匯率
而自由的計價方式正在去中心化

以虛擬貨幣計算時
請不要再說作者已死
當平台及通路評估作者是否可以上市或上架時
創意正由天使與魔鬼以基金作為賭注

靈魂的重量據說只有二分之一盎司
而黃金
早已迷失在布列頓森林的深處

這個遊戲叫做開放社會
只是每個人都無法逃脫
籌碼歸零
終止於每個人都死亡的那一刻

雨

台北的雨
瀰漫了整個秋季

一條條的雨絲
描繪了
每個人的孤寂

遮蔽的天空下
長照的老人
看護的移工
各自滑著
自己的手機

我靜靜地漫步
踏著每道雨絲前進
閱讀每個雨中的孤寂

直到這個世界
剩下無限的陰影
在雨中　哭泣

——觀NetFlix影集《三體》後清晨散步有感

Suntea

我撿拾了一片落葉
落葉竟然飄落地
是一陣微風惹的禍
還是落葉本就要離我而去

春雨
烏臼樹將自己的羽翼
灑落
是不想再飛翔了嗎

厭倦了天空的翅膀
躺在水池旁
暗褐黃的勳章貼滿胸前
疊影　桃花心木夜紅色的戰袍
都在春天的雨幕中開始飛舞
是一場薩滿的祈福嗎
還是驅離顛倒季節邪靈的巫術

我泡著一種 Suntea 的茶
期待宇宙中的救世主
沒想到竟然是地球文明的黑幕
意外的訪客
佈滿天眼於蒼穹
心電感應一秒可以繞行地軸兩圈半

毀滅　變成是一種救贖
無法自我找尋的烏托邦
竟然期待天外天降臨

當所有的希望隨著質子
被吸入黑洞時
我還不如當一片春雨時的落葉
隨微風漂浮
在雨中踏著足音　漫步

從詩談起

沉默

如果我一直保持沉默
就會安靜地像月球的表面
縱使有美麗的光華　也只是掩飾面目的醜陋　如天
花一般的坑洞　坎坷的心情
但天使不同意　你自身雖不會發光
但你反射了太陽的光芒　創造了動人的溫柔
對相互依偎的戀人而言　你是浪漫
對中秋團圓的家人　你是幸福
對負笈他鄉的遊子　你是鄉愁
對登樓攬勝的文人而言　你是詩詞

我聽了　不覺感動　眼淚流下　滴入沉沉的海洋
被美人魚拾起的一顆珍珠

從詩談起

詩起於愛情　終於死亡

詩可以怨　可以歌　可以興　可以哀

人生不可以無詩　無詩的日子無味無色無趣無聲無息

我為你寫了一首詩　而你將它化成一首歌

詩是一種韻律　一種興致　一種趣味　一種格調

詩是雲　詩是風　詩是山　詩是水

詩是一本書　一瓶酒　一杯咖啡

詩是一本旅行的日記

詩是你　詩是我

詩是一條綿延無盡的直線　通向無限的宇宙

詩是有　詩是無　是虛無　是存在　是哲學　是神

詩是一粒沙　一片塵　一抹煙　一聲嘆息

詩是　或不是

詩有　或沒有

其容乃大　其外無界　…………

燈

燈是一座房子的靈魂

燈亮了　靈魂之窗便開啟了

在燈下　閱讀　可使靈魂滋長

在燈下　品嚐咖啡　可使靈魂體會生命的苦澀

在燈下聆聽音樂　可使理性與感性調和　使視覺與聽覺交融

在燈下聊天　可使自我不再孤獨　生命之間融會交流

在燈下沉思　讓靈魂沉澱靜謐　以致於去除妄想雜念

純然唯一　通透世情　了然生命之道

思念的速度

每天早上搭乘捷運的速度
比我搭公車從嘉義回竹崎的速度
快
速度等於距離除以時間
這兩個距離是一樣的
在上班的捷運上　我會天南地北胡思亂想
不斷更動頻率
但在回家的公車上　我只會想家
家是唯一的頻率

思念的速度跟距離卻必須成反比
兩人相距越遠　思念的頻率越高
越加令人難受　跟無法負荷
因此　距離越遠　就必須越加放慢思念的速度
慢慢地　慢慢地　思念
讓時間帶來的煎熬與折磨化為無形
速度等於距離除以時間
當時間是如此漫長　無限延伸時
思念的速度將趨近於零
即時時刻刻不思念　而無時無刻不在思念

無端飄落的思緒

失序　乍看起來是一個精神病患的喃喃自語
在我看來
卻是作者自己比擬為精神病患的隱喻

在台灣的升學體制下　學校如同牢籠一般地
可以與精神病院比擬
資本主義的社會　教育無非是
將人規訓為產業後備軍
靈魂的探索　則必須被摒棄
因為那無關於物質的再生產

理性化的枷鎖　籠罩著　成為無形的圍牆
日復一日的學習　並非為了探索自己
而只是為了塑造符合社會系統需求的
運轉齒輪或機器零件或套裝軟體

資本主義的生產大軍　勇敢邁步前進

而民族主義的爭鬥　也以學校為場域
並以學生為白老鼠

生就必須辨別顏色　而無須理智
搖旗吶喊　是被規定制約的情感
藍的　綠的　紅的　令人眼盲

何須記得什麼　因為那只是被植入的記憶
必須忘記什麼　因為忘記是脫離韁繩的動力
失序　則是擺脫一切體制糾纏的囈語
或者　至少清醒　或不清醒　得由我自己決定

當弗洛依德揭櫫慾望潛在於主體
被當做普羅米修斯般的神祇
人類的智慧似乎開啟
而語言學
則試圖把符號當做慾望的呈現或再現
不斷地　推著巨石上山的　精神分析

但是拉岡的出現
讓我們發現主體只是一種虛幻的表徵
主體　可能只是一種流動的囈語　或者煙火般五
彩繽紛的花絮

後拉岡時代　沒有精神分析
因為解夢者　自己仍在夢中
因為莊周夢蝶　或者蝶夢莊周
或者只是一種無端飄落的
思緒

編輯

一個故事的誕生
是道可道　非常道　名可名　非常名
還是道通天地有形外　思入風雲變態中
我不是一貫道　亦非道教
方法學的森林中　怎可獨戀一顆樹
沒有方法　仍可狩獵　當然不是守株待兔
耶穌說我就是道路　真理　生命
妳不是耶穌
如何找到通往真理與生命的道路？

生命史的輪廓　妳如何在其中素描
十五　十六　十七歲生命的樣態
是黑白分明的衣裙下的五彩繽紛
五光十色的彩虹
想飛的心情如何？
輕與重如何承受？
妳如何找到靈魂的出口？
寫作不輟　直到生命盡頭？
墓誌銘上面刻著編輯社？

柏林欣羨浪漫的表現
尼采警告你生命必須忍受苦難
沙特徘徊於存在與虛無之間
誰叫柏拉圖諄諄告誡缺乏反省　沒有生命

沒有路　就是路的開始
一路的風景等妳探索
披荊斬棘　峰迴路轉　柳暗花明　驀然回首
都該是你的
一幕戲　一本小說　一部電影

終將落幕時
不戀眷觀眾的掌聲
而是留在心中的
那些記憶
即便隨風而逝
即便落入塵土
塵歸塵　風隨風
但仍是你的　不朽與傳奇

一個故事的開始

一個故事的開始－生命的誕生

靈魂之必要　人者　心之器

命名之必要　名之為用者大矣

架構之必要　沒有骨架　何來身軀

邀稿之必要　既可假手他人　何須親而為之

採訪之必要　藉諸他人之口　得天下之智慧

寫作之必要　時時勤拂拭　莫使染塵埃

編輯之必要　編織美麗　編織浪漫　編織人生

美編之必要　心靈的視覺

封面之必要　顯露於眾人的面容

攝影之必要　複製一路的風景

印刷之必要　從油墨到電腦之文明

用心之必要　⋯⋯⋯⋯⋯⋯⋯⋯

閱讀之必要　⋯⋯⋯⋯⋯⋯⋯⋯

思考之必要　⋯⋯⋯⋯⋯⋯⋯⋯

code

如果這個世界上所有事物都可以化約成 concept 或者 code（符碼）
那麼，我們就可以每天只看符碼聽符碼呼吸符碼聞符碼吃符碼
所有的人都成了CONCEPT
我與符碼握手交談接吻
我消化符碼吸收符碼生產符碼排泄符碼

I become a CODE.

光影之間

夜之城市

夜

靜靜地

在我心裡徘徊

我在露水的中間

輕舞

你在月夜的陰影中

漫步

夜

這樣地寧靜

月

這樣的皎潔

我跟你漫步在

城市的小巷內

徹夜不歸

不醉不歸

春天的氣息

一縷陽光
照在你的臉上
你的臉上
便有了春光

春天的氣息
洋溢在你的心裡

你呼出了一口氣
百花便盛開了

因為你是春天的仙子
帶我們悠遊在花叢裡

等到春去秋來
我總會想起你
踏著秋天的足音
你藏在紛紛飄落的楓葉裡

風的方向

你是風
吹醒了我的夢

我在夢中
被風
輕輕地吹送

將我吹送到
你的夢

你的夢中
我像是一陣風
轉眼
無影無蹤

飛鳥

春光明媚的早晨
你用婉轉甜美的聲音
讓我醒來
迎接　陽光

像霧一樣的
你悄悄接近我
並且滋潤花朵一般
讓我不再感到乾渴

冬夜的時候
你是爐火
溫暖我的手心
讓我不再瑟縮
在牆角

你在天空飛翔時
風就唱著歌
你是飛鳥
而我是張開手臂

望著鳥飛過的森林

是倒映的湖面

到處留著你的身影

夜

夜
安靜如湖水
我躺在你懷裡
便不再流淚

花
即使開在午夜
因為有春天的撫慰
將會恣意綻放
不會枯萎

影子

花開花落
是一生的蹉跎

月中獨坐
無奈淚先流

清風拂面
欲帶走我憂愁

我揮一揮衣袖
只有影子隨我走

女神

你是湖中的女神
水中的仙子
嬉戲於荷花間
飛舞在愛琴海的藍天

沐浴後輕披薄紗
傲視闊步
在奧林匹亞的聖殿
星辰　環繞在四方

你撥弄著琴絃
在銀河的中央
散發著永恆的光芒

我是南國的浪人
七海的遊牧民族
駕著船帆
追逐
北地
四季綻放的春天

幽暗的流轉

在幽幽暗暗的光影中
恰似生命的流轉

陽光下
明亮的看不清楚的
一切滄桑

在黑暗中
漸次
浮現
一道道
鮮明的光芒

宣告
痛苦的深淵
會逐漸被黑夜
再度撫慰

以致平息
如同白晝死去

安靜

如銀河中的流水

燦然逝去

成一道流星

花語

花在平日
沉默不語
含苞待放

花在夢中
叨叨絮絮
彷彿戀人一般的細語

花在夢中
墜入愛情
夢醒
含苞成為花語

誰解花語
誰解愛情

竹溪

竹溪之畔
髮絲紛飛
我的心醉
我的心碎

今天晚上
天橋上面有星星
路燈也亮了

風很冷
我在竹溪等你
風也跟著你
花兒為你開

花瓣從上游飄落
流到下游來

你在溪邊撿花
我不忍心將花埋

府城的夜

府城的夜
沒有殘缺
只要有酒
我就心醉

大武山的呼喚
我日夜都聽見
來自太平洋的風啊
吹拂著遊子的心
沒有停歇

我釀的小米酒
父親跟哥哥
不知道喝完了沒

我唱著卑南情歌
只問故鄉的情郎
你是否聽見

風一樣的女孩

你像風一樣的吹過
你是風的女孩

是春風徐徐
溫暖花開

是夏風清涼
晴空萬里

是秋風颯爽
瀟灑落葉

是冬風凜冽
冷酷冰霜

在那一年的雨季

我還記得你
在那一年的雨季

你走進我的夢裡
從此形影不離

如今
每當下雨

我總想起你
在我的夢裡
形影不離

小白馬

你是一匹小白馬
跑啊　跑啊
你離開了你的家

你是一匹小白馬
跑啊　跑啊
跑過了花樣年華

你是一匹小白馬
跑啊　跑啊
在我的懷裡睡著了……

你是一匹小白馬
跑啊　跑啊
我的夢就是你的家

昨夜晚風

昨夜星辰
昨夜的一陣晚風

今夜的燈火
今夜的酒杯裡泛紅

你披著薄紗
翩翩起舞

我在月夜中
朦朧
似醉欲醉
無酒更勝有酒
忘了竹葉青
也忘了二鍋頭

青春

在這種充滿北方氛圍的
天氣裡
我不禁想念起
南台灣的天氣
以及南台灣的你

南台灣的夕陽
西子灣的海風
以及旗津的潮汐

我寫著一首詩
悼念去年夏天
逝去的青春
才愕然發現
青春是一首歌
仍流傳在港都的街頭

詩與酒

我自己釀的酒
我喝不醉自己

但是你卻讓我沉醉
在深深的夜裡

我自己寫的詩
寫不進我的心裡

可是我讀著你的心
你的身影卻寫進我的心裡

光之魅影

她的出現
像一道閃電
那樣耀眼

照亮夜空
絢麗無邊

她的消失
如同鬼魅
瞬間移位
進入異次元

她的形影
跟我不離
她的聲音
猶在耳邊

她是莎樂美
她是一種咒語
她是一個傳奇

她已經是一顆星辰

閃爍在天邊

那樣耀眼

十七歲的女生

十七歲女生的溫柔
其實
是一種淡淡的哀愁

十七歲少女的嬌羞
是一種溫熱的嬌羞

十七歲女生的性感
是一種屬於春天的性感
十七歲少女的愛情
是一種青蘋果的愛情
剛咬了一口
青澀中帶有甘甜

點一根菸

點一根菸
我想起了從前
點一根菸
我想起了你的諾言
點一根菸
這世界依然沒有改變
點一根菸
這世界就在我
眼前

如果時間是一條長河

如果時間是一條長河
生命只是河上的一方扁舟
你我相逢於某個暗潮交錯　亦或寧靜湖泊
我必將仔細端詳你的容顏
一如鑑賞美術館珍藏的世紀名作
將你的容顏拓印在我的心版上
並且在生命的盡頭　褪色成墓誌銘

如果雲有知

春寒　方歇

春寒　方歇
雨後清冷
掬一杯濁酒
遙祭天邊　朵朵雲彩
給我不曾褪色的人生

夜裡冥思
凝淨的氛圍
不滅的燈火
是否指引靈魂方向

浩浩宇宙
多情而溫柔
渺渺人類
足堪安慰的盡頭

星子眨眼
微笑　幽默
我對青山傾訴
心中空盪的迴音

等待風

等待風
是雲之心情
風怎麼還不來
雲日日在等待

沒風的日子
沉重的雲
眼淚化作陣陣雨
灑遍大地

風
來去無蹤
過慣流浪的日子
從山巔到海濱
雲
追隨著風的足跡
奈何不能比翼而飛

依偎著山
山也嘆息

倒映著海
海也無語

流浪的風
等待的雲
無邊無際的蒼穹
永世輪迴的悲劇

日子

日子　一個人過　就安安靜靜的　不會吵鬧
沒有煙硝　沒有荒唐　沒有胡鬧
理性總是孤獨地思索著自身
不管是愉悅地或者苦惱地
讓我們站在世界的頂端
俯瞰一切讓我們喜或者憂的一切
如果　你還是不明白
或許　甜甜入夢　是個好方法

冉冉

冉冉升起　　是你
像朝陽
我是秋天清晨　廈門港裡清冷的薄霧
溶解於你溫暖的氣息

冉冉升起　是你
我是一片乾旱的大地
而你　是天空飄過的雲　下起一陣及時雨
灌溉我百年的孤寂

冉冉升起　是你
我是白髮歸鄉的遊子
你是裊裊的炊煙
乍見你　便撫慰了多年思鄉的情緒

冉冉升起　是你
我是苦修不成的道人
終日困頓抑鬱
你是一縷幽香
聞你入我鼻
沉沉在深深內心裡

春風柔

春風柔
秋風破
破一抹煙雲

春水淡
秋水豔
浮一方扁舟

我心繫雲端
無奈栽落

我身載小舟
無意遊蕩

觀斜斜夕陽
覽蒼蒼大地
流浪至天涯

昨晚可曾入睡

昨晚可曾入睡
今夜簫笙依舊

拂過草原的是輕風
醉臥沙灘的是流水

我不曾吟詩
月亮不曾流淚

只有淡淡星光幾許
點綴夜空

不要沉默
蟬已入土之際
急急之聲仍在空中盤旋
而我已沉醉
或者已入睡

酣眠
獨忘人間　愁更愁

詩入世界

這個世界　黑暗而寂靜　星垂平野闊
你已沉睡　而我仍醒著　月湧大江流
如果能夠守候著你　一如山守候著雲
如果能夠跟隨著你　一如江水跟隨著月影
那麼　寂寞只是風的囈語
我在你的眼眸中迷醉
心在黑鍵與白鍵之間跳躍　在弦與弦之間遊蕩
終究忘記這是一首離別曲　讓蕭邦逐漸遠去

春天

春天
不偏不倚
在你心裡

春天
來來去去
卻不曾真正離去

春天
寫不完的詩篇
唱不完的歌曲

春天
在那個山頭
遙望
也在那個水裡
嬉戲

街燈

街燈矗立著
在遊子的身後
照耀著他的背影
卻不願意為他指引方向……

晚霞驅趕著所有的野鳥歸巢
自己卻繼續流浪
追逐著太陽的方向
忘憂草是她唯一的行囊

孤獨是一首催眠曲
讓我總能在山的喃喃細語中入眠
夢中的飛翔
卻經常看見家的身影
在我旅途的前方
那是我本來要逃離的地方
現在又變成了我歸去的方向

總有一種晚風
讓人無法入眠

因為夾雜著太多詩句
而且每一句都必須歌唱

我敲打著鍵盤
卻看見精靈在上面跳舞
噢　　　　　　是輕巧優雅的華爾滋
他們的腳踩踏在多瑙河上
每一道波紋都是一個音符
無數個波紋變成一個樂章

火花

你是我生命中的火花
嘲弄我
故作冰冷的瀟灑

我假裝
看不見
你的典雅

在赤裸的身軀中
漸次萌芽
綻放
而成一朵嬌豔的薔薇
開放在自己的祕密花園

在吟詩的時候
你隨風搖曳
風中
散發
你的香氣

令人迷醉的

總是在夢中

有一道長長的身影

劃過天際

那是一道彩虹

迎向天空

窗

這是一扇窗
窗裡關著你的靈魂
你的靈魂　從眼眸流出欣喜
望向這個世界　感受希望

光　照射你的臉龐
春天洋溢在你的臉上
你只用呼吸　證明青春
而我只能用白髮　閃耀著歲月的滄桑

當白雲鋪寫著詩句　灑滿天空的時候
每一道微風　都在輕輕朗誦　吟詠
用流浪來歌頌　用更多的纏綿來眷戀
所有的韻律　都是一道流動
在空氣中流動　在空中流動　在空中流動

我一向喜歡唱著無言歌
有些屬於尼采的
有些來自不知名的遠方
也許是安地列斯山
但總是寂靜的　遠方

冰心

你的心是一條山的陵線
將我帶往雲的深處
在無聲的霧
和細語的雨之間
迷途

放置在冰冷溪谷中的
開展出一道薄膜的彩虹
並且複製了第二道
溪流是一台影印機
將自然翻版
成為路途中的夾層
跨越了虹
跨越了桃花源
跨越了晉武陵人

我走過高行健
將山的靈魂
遺留給谷中的幽蘭

它用王維的詩句

散發出一股芳香

在細如絹絲的泉水倒影中

讀出雲彩飄泊的方向

在南方

長夜總是如藤蔓展延

我捲曲在樹影的深處

等待天明

夜遊

夜遊的蟬
夜遊的螳螂

暴雨過後
牛稠溪發出嘶吼

阿拔泉山的砂土
爭相賽跑往黑水溝
他們混濁的口音
讓我聽不清楚是
鄒族語
還是洪雅族語

水鹿漫延在水草上面
竹子長滿竹頭崎
樟腦寮裡面煎煮樟腦成火藥
戰火燃燒時
必麒麟正在偷竊和平的種子

所有被引燃的殖民之風

吹襲文明的春夢

吹醒祖靈的惡夢

桅杆帆船乘著季節風而來……

海盜們扮成水手吹起貿易風的號角

番頭家正在簽署新港文書

延平郡王正在朝拜媽祖

天上聖母叫做瑪麗亞

島嶼子民趁著天光

高喊

哈利路亞

哈利路亞

早就知道這是一場不會贏的戰役

早就知道這是一場不會贏的戰役
但我還是決定　　繼續推著巨石
不管前面是高山　還是深谷

早就知道這是一場不會贏的戰役
正如我知道您的白髮無法變黑
您的駝背無法打直
您的記憶已經永遠失去

早就知道這是一場不會贏的戰役
因為勝利代表悲傷
失敗無法憤怒
獎品只是一個墳塚
我拿著香祭拜時
代表遊戲已經結束

早就知道這是一場不會贏的戰役
但其實是妳教我成為戰場上的武士
您知道我所有的招數
您知道我的所有罩門與死角

您應該是永遠的勝利者

問題只是您忘了如何取勝

我不忍心讓您失敗

我們可以握手言和嗎

我們可以放棄終點嗎

我們可以回到生命的起跑點嗎

您可以繼續當我的教練嗎

影子

影子是風的心
掉落在黑夜裡面的
是搖搖晃晃的情緒

寫不完的是一種神話
在剛剛提筆的時候
就會消失無蹤的記憶

我走在荒漠裡面
有人施捨給我一種憐憫
他將沙子高高舉起
落下的粒粒都是黃金

在海市蜃樓的深處
原本有一團迷霧
我駕著風帆經過的時候
美人魚唱著一首歌
將我迷惑

我醒來的時候

發現我是睡著的

醒來的我正在寫著一首詩

睡著的我正在讀著一本書

下雨

下雨的時
是寂寞的時
我輕輕念著你的名字
寫一首情詩寄給你

三月的木柵
永遠罩著一陣的茫霧
我在茫霧內底
找無你的形影
只聽見你的歌聲
流在醉夢溪留下的痕跡

有一個夢
是關於下雨天的夢
夢中的雨
落袂停

我拿著一支雨傘
在堤防上等你
水淹過堤坊

你猶原沒來赴約

我只有聽見

一陣歌聲

隨著溪水慢慢流去

那是一陣雨

那是一場夢

夢中的雨

猶原是落不停的思念

撿拾記憶

撿拾記憶

一個撿拾落葉的男人
撿拾記憶
走了一百步
隨即丟棄
因為過於沈重難以負荷

一座爐香　香煙裊裊

香中一位民國女子走來
藍布衫裡面陳舊的詩集
透露一種古典的氣息……

白色的長襪
竟是芳香的憂鬱

她走過梧桐樹下
樹葉沙沙聲中
有淚滴
那是法租界
在深秋的嘆息

BOD Books on Demand

PG3127　台灣詩學同仁詩叢14

島嶼之歌

作　　者 / 陳竹奇
主　　編 / 李瑞騰
責任編輯 / 吳霽恆
圖文排版 / 黃莉珊
封面設計 / 嚴若綾

發 行 人 / 宋政坤
法律顧問 / 毛國樑　律師
出版發行 / 秀威資訊科技股份有限公司
114台北市內湖區瑞光路76巷65號1樓
電話：+886-2-2796-3638　傳真：+886-2-2796-1377
http://www.showwe.com.tw
劃撥帳號 / 19563868　戶名：秀威資訊科技股份有限公司
讀者服務信箱：service@showwe.com.tw
展售門市 / 國家書店（松江門市）
104台北市中山區松江路209號1樓
電話：+886-2-2518-0207　傳真：+886-2-2518-0778
網路訂購 / 秀威網路書店：https://store.showwe.tw
國家網路書店：https://www.govbooks.com.tw

2024年11月　BOD一版
定價：280元

讀者回函卡

國家圖書館出版品預行編目

島嶼之歌 / 陳竹奇著. -- 一版. -- 臺北市：秀威資訊科技股份有限公司, 2024.11
面； 公分. -- (語言文學類；PG3127)
(台灣詩學同仁詩叢；14)
BOD版
ISBN 978-626-7511-24-4(平裝)

863.51 113014716